목차

1	43	67	97	123	149	171
수상한 도깨비	유쾌한 도깨비	화가 난 도깨비	우울한 도깨비	듬직한 도깨비	투명한 도깨비	흉측한 도깨비

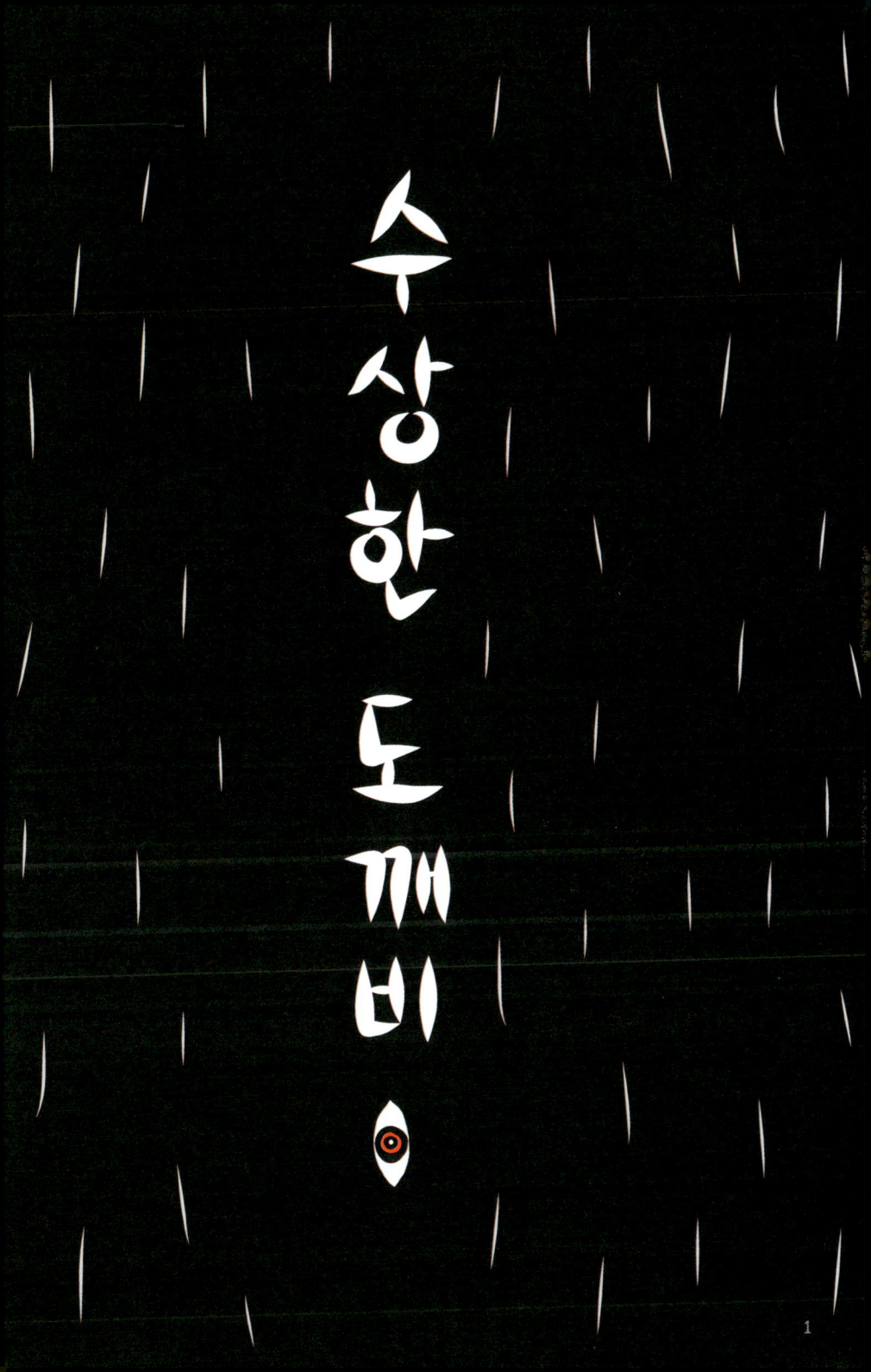

수상한 세상에는
수상한 도깨비가 태어난다.

수상한 도깨비는
자기가 누군지 모른다.
그저 태어났을 뿐이다.

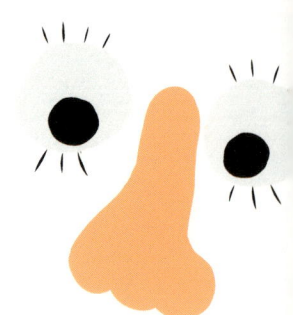

수상한 도깨비가
살고 있는 세상에는

수상한 사람들이 있다.

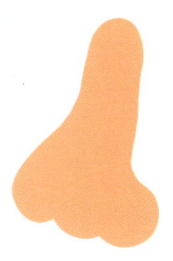

수상한 사람들은
자기가 누군지 안다.

그렇게 살기로 했을 뿐이다.

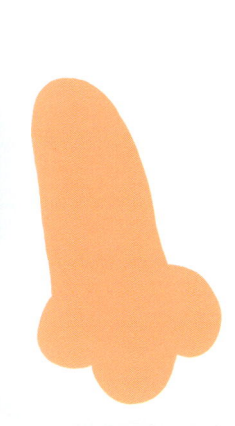

수상한 마음들이 모여서
수상한 도깨비가 된다.

수상한 도깨비는 나날이 커진다.

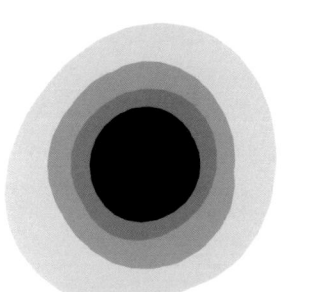
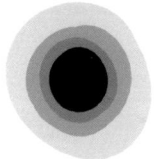

필연적으로, 수상한 도깨비의 마음에도
검은 것들이 들어찬다.

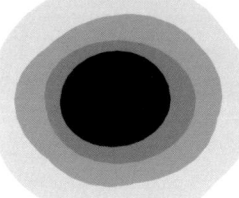

검은 것들이 꽉꽉 메워져
더는 커질 수 없게되면

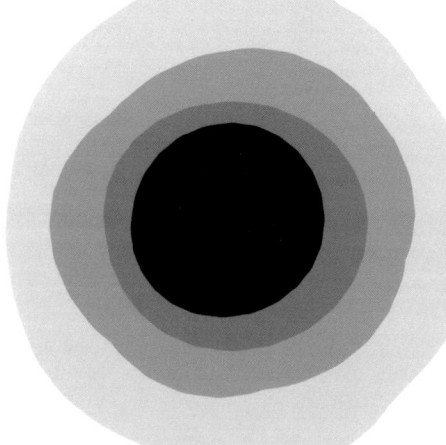
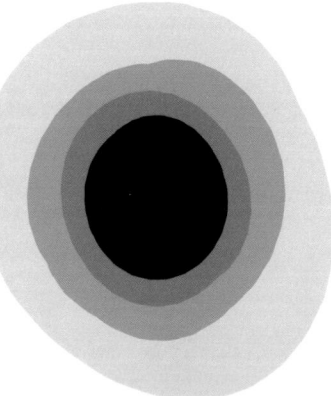

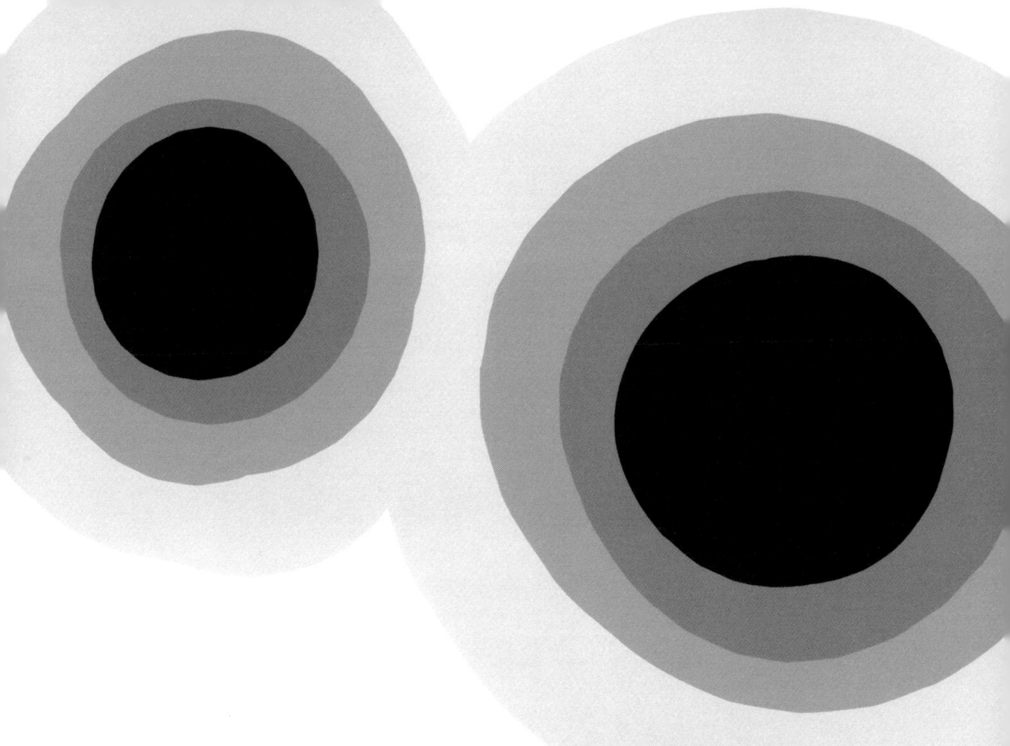

수상한 도깨비는 그것들을
토해 낼 수밖에 없겠지.

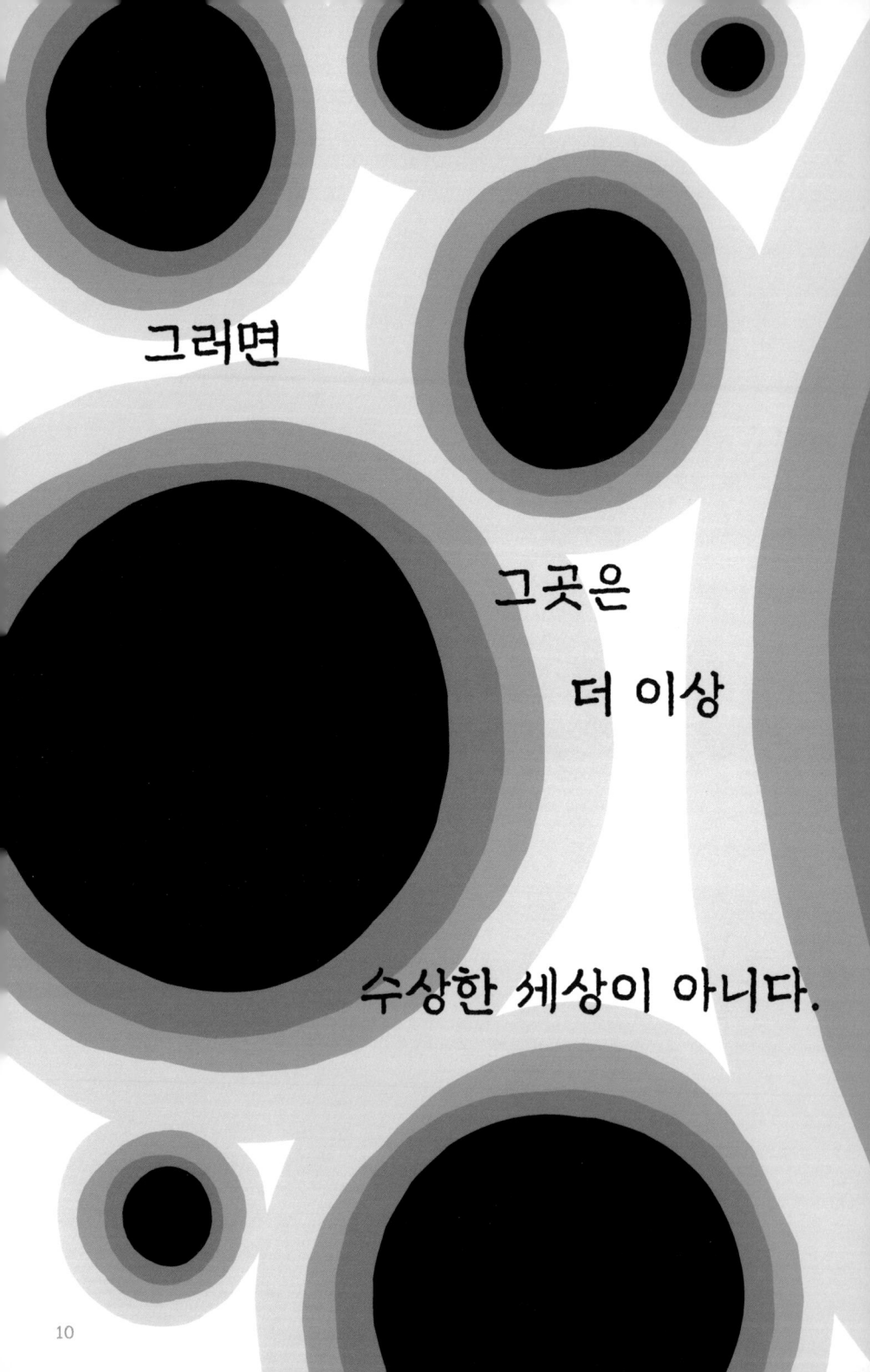

확실히,

검은 세상일 것이다

수상한 도깨비는
수상한 사람들을 만난다.

팥 알갱이 개수보다
더 많은 사람을 만났을 것이다.

사람들은 저마다의 이유로 수상했지만
꼭 모두가 수상한 얼굴은 아니었다.

말간 얼굴의, 웃는 얼굴의, 걱정하는 얼굴의,
믿음직한 얼굴의, 강해 보이는, 연약해 보이는,
지혜로와 보이는, 바보처럼 보이는,
부유한, 가난한, 자애로운, 단호한 얼굴을 한
수상한 사람들.

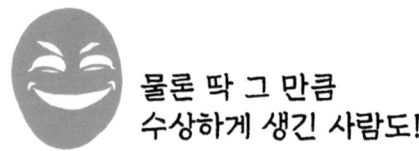

물론 딱 그 만큼
수상하게 생긴 사람도!

웃음소리는 형태가 없는 모든 공간에
울려 퍼졌지만 누구도 듣지 못했다.

그 정도는 그다지
수상한 것이
아니었으므로!

수상한 남자와 수상한 여자가
아이를 만든다.

태어난 아이는 수상하지 않다.

수상한 젖을 먹고 자라면
수상한 아이가 된다.

아파트 넓이, 자동차의 이름,
수상한 부모의 한 달 벌이,
새로 온 선생님이 기간제 교사라거나,
눈에 띄는 얼굴 색깔을 가진 친구 등등

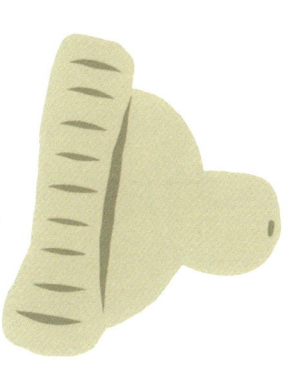

온갖 시시한 것들로
만들어진 수상한 젓.

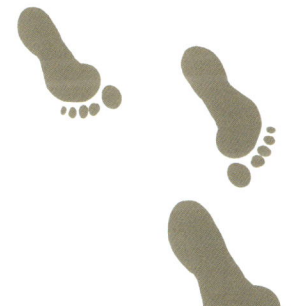

즐거운 그 맛!

부모는 자식에게 가장 좋은 것을
주고 싶어 한다고 했던가?

수상한 사람들이 줄 수 있는 가장 좋은 것.

오직 한 가지.

수상함

수상한 사람들은 무리 짓는다.

서로가 없으면
이득을 취할 수 없고,
무엇보다 외롭다.

수상한 사람들은
서로가 필요 하면서도
서로를 견딜 수 없다.

어느 날은 사랑을 하고,
어느 날은 미워한다.

영원할 것 처럼
탐닉하다가도,

그럴만한 이유가 생기면
죽일 것처럼 증오한다.

수상한 도깨비는 바로 그 중간에 있다.

수상한 도깨비는 어디에도 없다.

수상한 도깨비는 어디에나 있다.

수상한 도깨비는 아무래도 상관없다.

가끔, 아주아주 간혹,
수상한 도깨비를 눈치채는 사람이 있다.

분명 예민한 감각을 가진 사람일 것이다.
걱정이 많은 사람일 것이다.

그래서 많은 정보를 훑어내다가
어느 날 수상한 도깨비를
발견한 것이리라!

수상한 도깨비는
위험해 보인다.

수상한 도깨비는
상냥해 보인다.

아..! 알 수 없어라!

수상한 도깨비는 마음이 없다.

수상한 마음에서 태어났기에,
다른 마음을 가질 공간을
만들지 못했을까?

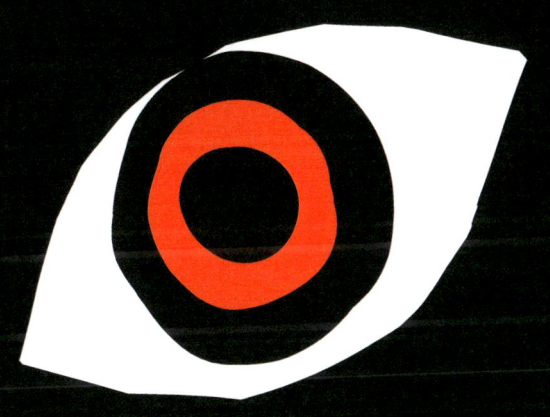

수상한 도깨비는
그저 바라볼 뿐이다.

수상한 세상에
수상한 사람과
수상한 마음이 있는 한

수상한 도깨비는 그곳에 있다.

수상한 도깨비가
사라질 수 있냐고?

그건 불가능.

사람이 있는 곳에는
수상한 도깨비가 있다.

수상한 마음이 만들어 지는 곳에서는
반드시 태어난다.

이제까지 수상한 도깨비가 검은 것을 토해
검은 세상이 되는 것을 본 사람은 아무도 없다.

무서운 세상일지, 아무것도 없는 공허일지
알고 있는 사람은 아무도 없다.

죽음 이후를 아는 사람이 없는 것 처럼.

부디,
수상한 도깨비에게
수상한 마음을
너무 많이 주지 않기를 바란다.

언젠가 모든 것을
되돌려 받기 마련이니까.

수상한 도깨비야,
잠시 자렴.

부탁이야. 한동안
자고 일어나렴.

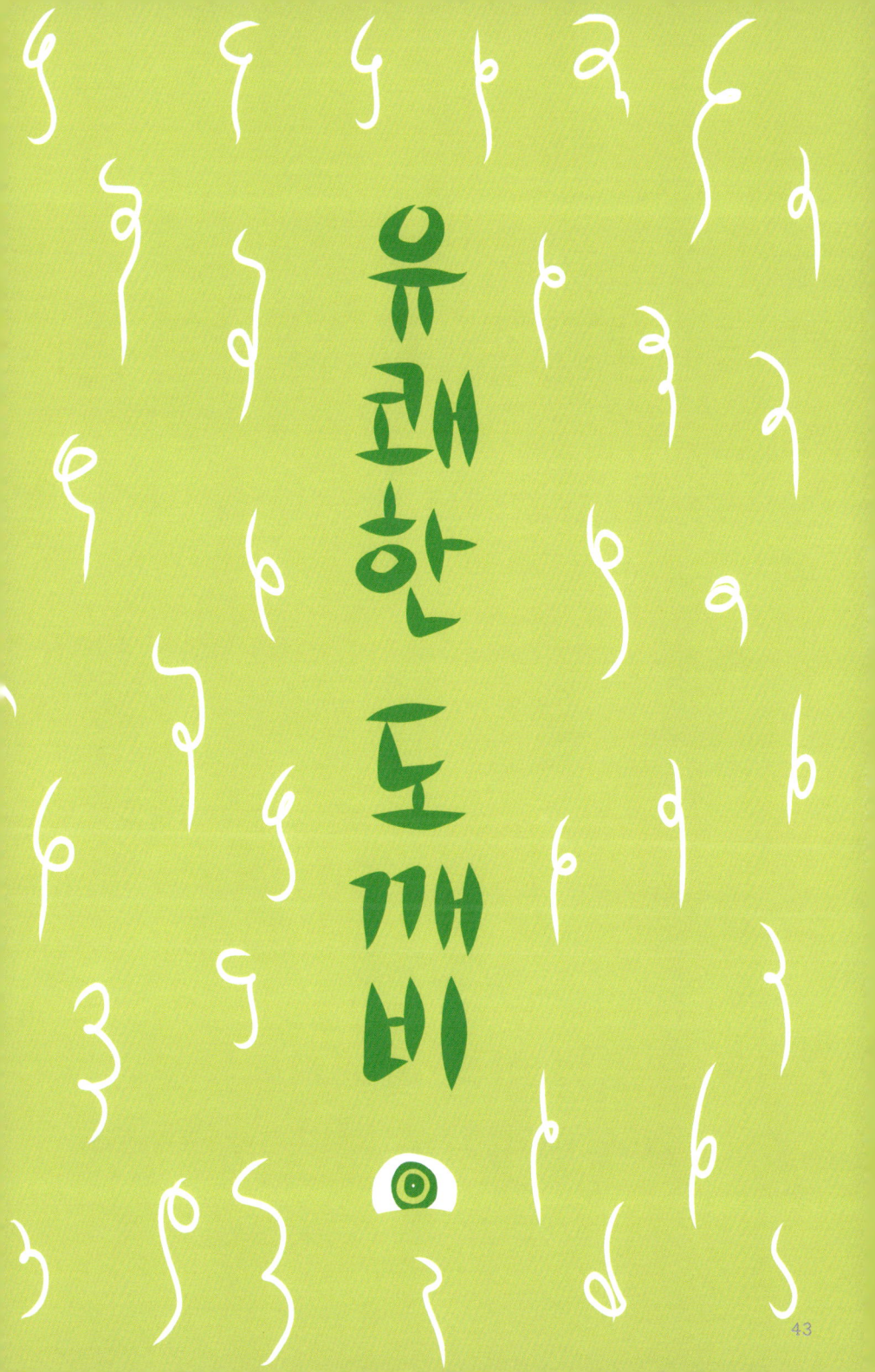

어떤 도깨비가 끊임없이 웃는다.

'걀걀걀걀! 걀걀걀걀!'

도깨비가 있는 곳에서는
그 웃음소리가 너무나 당연하다.

바람 소리처럼,
풀벌레 소리처럼,
시계 소리처럼,
버스 문이 여닫히는 소리처럼.

도깨비의 웃음은
언제나 언제나 들려왔기 때문에,

어느새 더이상 웃음이 아니게 되었다.

도깨비의 웃음은
의미가 아닌 생김새가 되었고,

그렇게 유쾌한 도깨비가 되었다.

유쾌한 도깨비는 즐거울때 웃는다.
누구라도 그러하겠지만!

슬플때도 웃는다.
마음을 감추어 보려고!

화가 나도 웃어 넘긴다.
분노를 다루어 낼 수 없을까 봐!

이 밖에도 당황스러울 때, 아리송할때,
긴장될 때, 부끄러울 때, 미안할 때,
이해 할 수 없었던 모든 순간에도 웃었다.

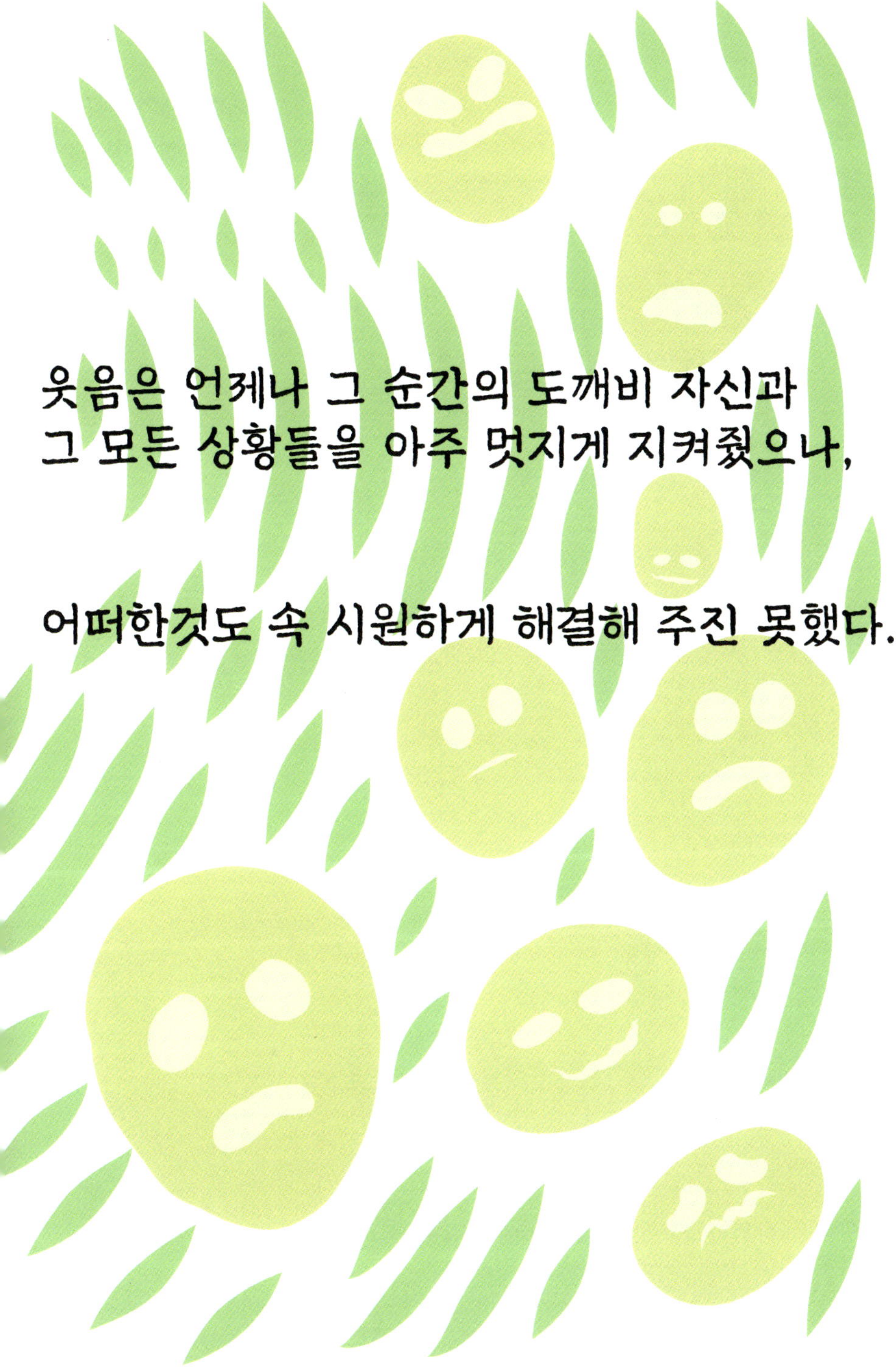

웃음은 언제나 그 순간의 도깨비 자신과
그 모든 상황들을 아주 멋지게 지켜줬으나,

어떠한것도 속 시원하게 해결해 주진 못했다.

이 이름을 가지기 전에는

뭐라고 불렸었더라.

상냥한 도깨비였던가?

다정한 도깨비였던가?

음침한 도깨비였던가?

마음약한 도깨비였던가?

사랑받고 싶은 도깨비였던가?
아닌가,
미움받기 싫은 도깨비였던가?

뭐 이중에 하나였겠지.

유쾌한 도깨비는 사랑스럽다.
하지만 그 말이 곧 신뢰받는다는 뜻은 아니다.

유쾌한 도깨비는 언제나
웃고, 떠들고, 마시고, 춤 춘다.

하지만 사람들은

모진 순간, 선택의 순간,
가장 중요한 순간에

언젠가 유쾌한 도깨비가
문드러진 마음을 인정하고
웃음을 멈추는 날이 온다면.

그런 날이 온다면,

그렇게 된다면,

그래야 한다면..

역시 미리 인사를 해 두는 게 좋겠다.

유쾌한 도깨비, 가엾어라.
유쾌하지도 않은 도깨비.

유쾌한 도깨비, 불쌍해라.
유쾌하기도 싫은 도깨비.

화가난 도깨비는 아무래도
대하기 어렵다.

엄청나게 큰 눈,
쩌렁쩌렁한 목소리,
그르릉 그르릉 숨소리

화가난 도깨비의 발자국은
아주아주 뜨거운 마그마.

쉽게 타올랐다가 쉽게
꺼지는 불꽃이 아니다.

그러니 다들 조심해.

화가나는 이유는 여러 가지.

도깨비의 심기를 거스르는 모든 것.

작은 것부터, 큰 것까지
가벼운 것부터, 중대한 것까지
그럴 수 있는것 부터,
그래선 안 되는 것까지.

왜냐하면 화가 난 도깨비의 내면세계는 의외로 모든 게 정리정돈되어 있기 때문

이럴 수가..!

언젠가는 화가난 도깨비의 규칙을 모두 알 수 있을까?

(아마 화가난 도깨비 자신조차 모르는 규칙도 있을 텐데!)

밟아선 안되는
블럭들이 가득한,

수많은 사람들은 문 앞에서 돌아가고,

들어온 사람들은 작은 탐험을 마치고는
그게 전부라며 세상에 얘기하는 집.

비밀이지만,

화가난 도깨비는
마음을 연 사람에게만큼은
작은 선물을 준다.

마음 설명서? 마음 지도?

도깨비 글씨가 엉망이라
뭐라고 쓰여있는지는 모르겠다.

화가난 도깨비가 슬플 때,

화가난 도깨비가 실망할 때,

화가난 도깨비가 혼란스러울 때,

화가난 도깨비가 서운할 때,

화가난 도깨비가 아플 때,

모두 화를 낸다는 사실을 알아야 한다.

자세히 보면 모두 다르다는 것도.

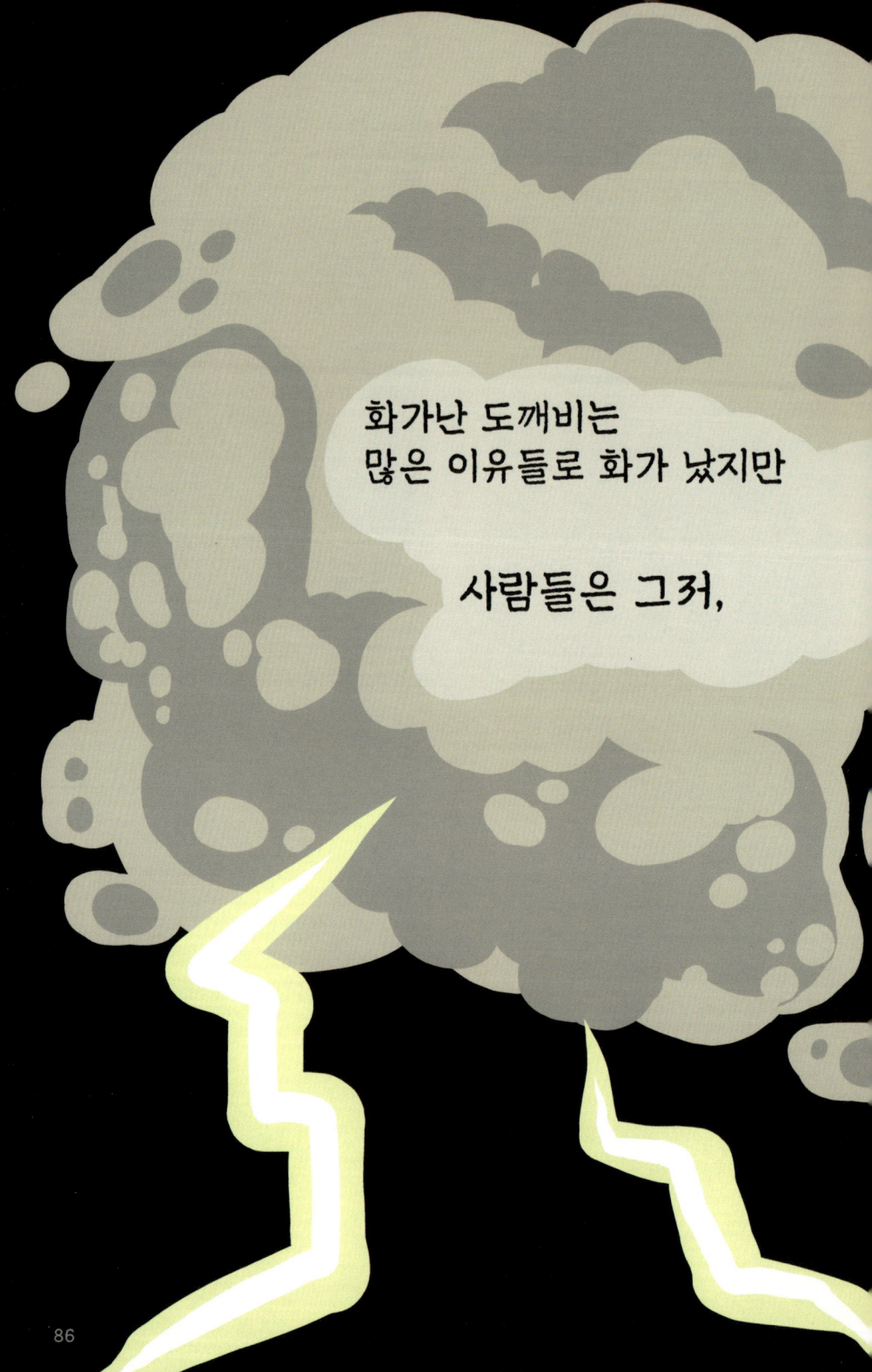

화가난 도깨비는

다른 이름이 붙어도 좋을 만큼
다채로운 도깨비였지만,

어느 날 화가난 도깨비가
화를 내고 있을 때,

누군가 차분히 그의 곁에서
기다려주었다.

으르릉,
그르릉,
크르릉!

하고 싶은 말을 번개처럼 쏟아내는 도깨비를
가만히 보며 기다려주었다.

도깨비가 화를 다 내고 나면
천천히 이야기를 나누려고.

..어라?
화가 나서 가버렸네!

하하하.
역시 재미있는 화가난 도깨비.

화가 조금 식으면 다시 돌아오렴.

이 세상 어딘가에는
푸른색 갯벌이 있는데,
그곳이 우울한 도깨비의 집이다.

온통 진흙투성이 바닥이니
한 걸음 한 걸음 옮기기도 힘들지.

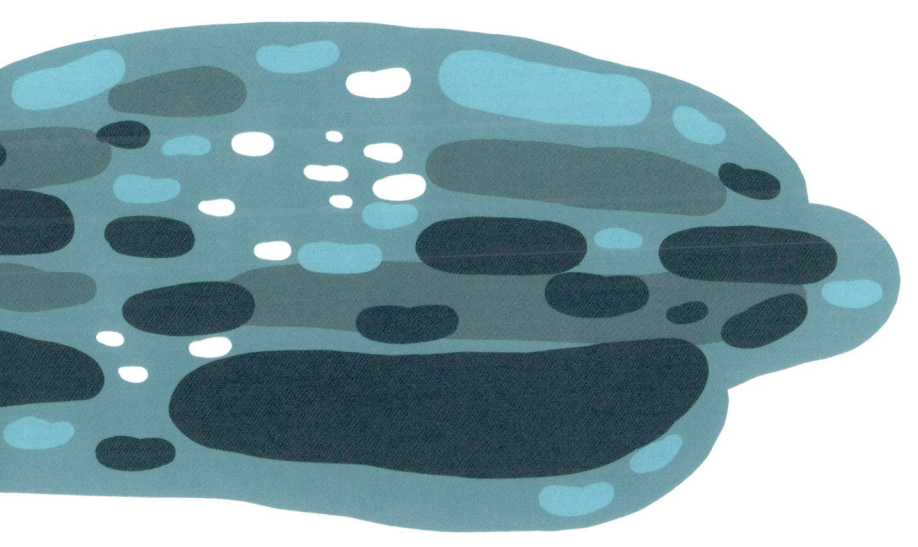

그래서 우울한 도깨비는 온종일

누운 채로 지낸다.

그런 이유로
어쩌다 한 번 몸을 일으킬 때는
가능한 모든 것을 하려고 계획한다.
생각한다.

생각.

    생각.

        생각.

그냥 계속 누워있자.

너른 갯벌이 집이어도,

우울한 도깨비가 사용하는 공간은
아주아주 조금이네.

너른 하늘이 꿈이어도,

우울한 도깨비가 갈 수 있는 세상은
아주아주 조금이네.

우울한 도깨비도 가끔은
어른이다.

진흙 같은 기분을 몰래
감추기도 한다.

그런 날은,
그런 날 밤은,

끈적한 이 갯벌이 포근하게
느껴지기도 하는
바보 같은 밤이다.

'아, 천국 같은

우울한
도깨비는
이 역설이
참 우습다
생각하며

나의 지옥.'

다시
잠든다.

우울한 도깨비의 삶에도
사랑 몇 개가 지나갔다.

어느 때는
햇살 같은 도깨비를 만났고,

또 어느 때는
비슷하게 맘이 병든 도깨비를 만났지.

누군가는 가벼웠고, 누군가는 아쉬웠던
몇 번의 사랑들.

그래서 지금 어떻게 되었냐고?

글쎄.

어째서 그렇게 되었을까.

분노, 질투, 슬픔,
실망, 선망, 희망, 즐거움,
행복, 사랑, 독점욕, 흥미,
두려움, 혐오, 편안함
그 밖에도 잊은지
오래된 마음들.

우울한 도깨비가
슬픈 도깨비냐고?

아니오.

방금 이야기했다시피
슬픔도 잊은지 오래.

우울한 도깨비는

무감각한 도깨비.

여기에 있지만,
여기에 없는 도깨비.

어디나 있지만,
어디도 없는 도깨비.

누구나 알지만,
아무도 모르는 도깨비.

아마 누구라도
똑같은 대답을 할 것이다.

가장 커다란 도깨비가
누구냐고 묻는다면.

그건, 듬직한 도깨비.

듬직한 도깨비 이외에 다른 도깨비를
가장 커다랗다고 말한 사람은 없다.

혹시 실수로
큼직한 도깨비를 잘못 말한 게 아닐까?

마을보다, 산보다, 나라보다
커다래라.

듬직한 도깨비.

듬직한 도깨비의 탄생을 아는가?

확인할 수는 없지만, 놀랍게도
그 역시 조그맣고 연약한
아기 도깨비였다는데!

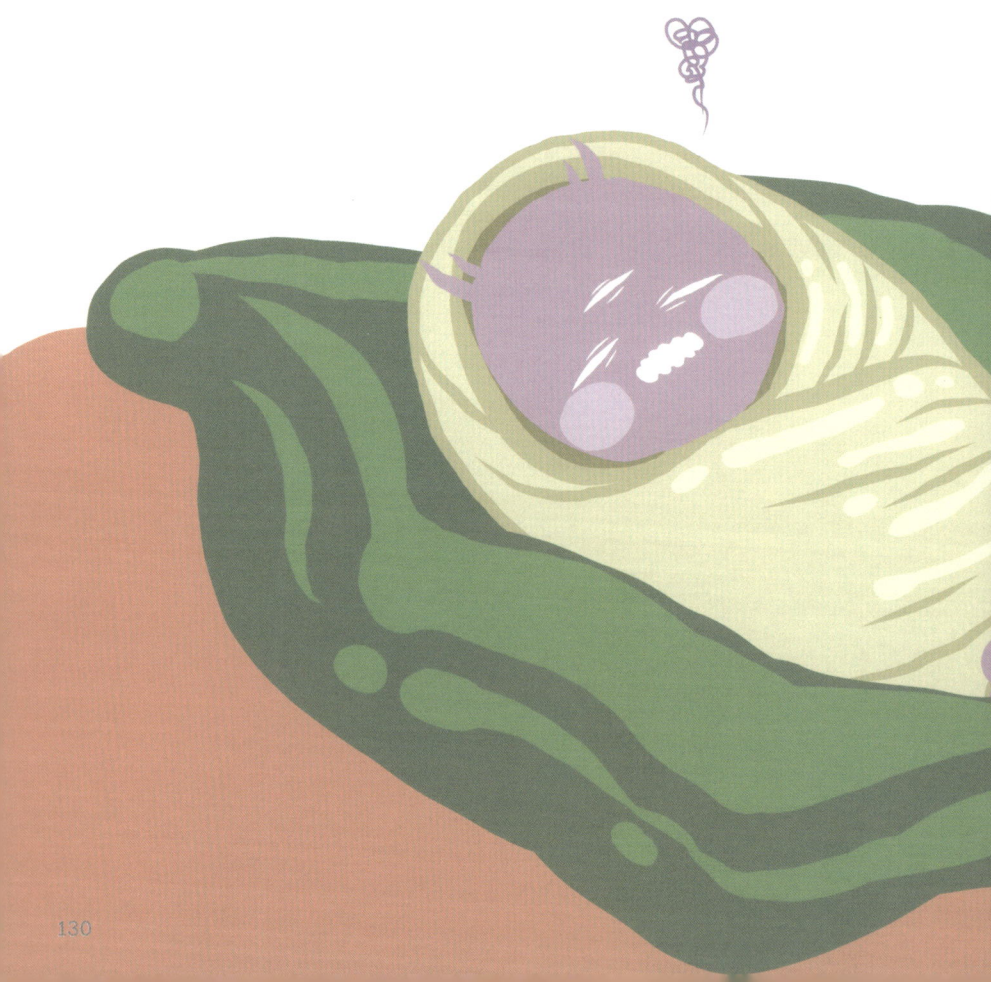

아기 도깨비의 탄생을
축하하는 사람들이 모여
저마다 이러한 탄성을 질렀다고 한다.

'어쩜! 듬직하기도 해라!'

매일매일 사람들이
입을모아 말했더니,
어느새 듬직한 도깨비가
되었다고 한다.

이것이 내가 아는 건부.

듬직한 도깨비는
누구보다 믿음직한 도깨비.

듬직한 도깨비는
무엇이든 잘 하는 도깨비.

듬직한 도깨비는
무엇이든 잘 먹는 도깨비.

듬직한 도깨비는
작은일에 화내지 않는 도깨비.

듬직한 도깨비는
우리를 지켜주는
힘센 도깨비.

그래서인지 듬직한 도깨비에게
기도하고 따르는 사람들이 많다.

사람들의 신뢰하는 마음이
가득한 눈빛을 볼 때면,

듬직한 도깨비는 왠지
미안한 마음이 든다.

하지만 그런 이야기를
누군가에게 한 적은 없다.

한 번도!

듬직한 도깨비에게
비밀이 있다는 건 비밀.

누구도 모르는 비밀.

사실,
듬직한 도깨비의 마음은
아직도 아기 도깨비.

배고프면 울고, 안아주면 웃고,
힘이 들면 눕고, 피곤하면 자고,
사랑받고 싶고, 책임지기 싫고,
유치하게 놀고, 자유롭고 싶고,

누군가에게 꿈을 얘기하면
눈이 빛나는,

아기 도깨비.

쉿.

그러나 이것은
누구도 모르는
비-밀!

듬직한 도깨비의 몸은 상처투성이.
하나도 안 아픈 상처투성이.

그러니까 듬직한 도깨비 등 뒤에는,
언제나 언제나 푸르른 숲.

눈에 보이는 도깨비는
참 부럽기도 하지.

이 이야기는
투명한 도깨비의 볼멘소리.

투명한 도깨비는
태어날때부터
전혀 보이지 않게 태어났다.

그래서 투명한 도깨비의 어미는
낳자마자 자식을 잃어버렸다.

분명 낳았는데도,
불과 몇 미터 떨어진 곳에 뉘어있는
갓난 도깨비를 찾지 못해

울면서 돌아섰지.

그렇지만 도깨비는 도깨비.
투명한 도깨비 역시 자연처럼 강하다.

엄청나게 많은 시간동안 살아남았으며,

여전히 투명한 도깨비

꽤 오래 전,
자신도 언젠가는 모습이 생길거라고
막연한 기대를 품던 시절도 있었다.

투명한 도깨비는
다른 도깨비와 똑같은 모습으로
자신의 형태를 만들 수 있다.

이 재능을 투명한 도깨비의 생애
8할 정도의 지점에서 눈치챘다.

지독하고 길었던 고독이
사라지는 것을 느끼며
동시에 도깨비의 영생에 감격했다.

이제 다시는 투명하게 돌아가지 않을테야!

그 이후로 수 많은 도깨비의 모습을
주기적으로 훔쳐가며 살았다.

쭈욱 한 도깨비의 모습이어도 좋았겠지만
어쩌면 자신의 재주가 아까움도 느꼈겠지.

더 좋은, 더 멋진, 더 경이로운
도깨비를 만날 때 마다
그의 모습을 훔쳐,
한 세기 정도를 지냈을 것이다.

세상의 반대편에서!

화려한 도깨비의 모습으로 살았을때는

유명한 도깨비의 모습으로 살았을때는

부유한 도깨비의 모습으로 살았을때는

야속한 도깨비의 모습으로 살았을때는

수수한 속마음을 감추려 애썼고,

피곤한 속마음을 감추려 애썼다.

가난한 속마음을 감추려 애썼고,

따뜻한 속마음을 감추려 애썼다.

영리한 도깨비의 모습으로 살았을때는

유쾌한 도깨비의 모습으로 살았을때는

호탕한 도깨비의 모습으로 살았을때는

정직한 도깨비의 모습으로 살았을때는,

멍청한 진실을 감추려 애썼고,

불쾌한 표정을 감추려 애썼다.

옹졸한 내면을 감추려 애썼고,

단 하루도 못가
다른 모습을 찾아야했다.

흉내는 모두가 완벽했으나,
어느것도 자신의 것은 아니었다.

꿈에도 그리던 형태를 가졌으나,
자신의 어떤것도 담기지 않았다.

이상향으로 향해왔으나,
어느곳에서도 정박하지 못했다.

머리로는 알았으나 너무도 아득하여,
투명했던 과거로 돌아가지도 못했다.

꿈꿈한 공기를 타고
악취가 나기 시작한다면
그건 바로 근처에
흉측한 도깨비가 있다는 것.

흉측한 도깨비는 세상의
모든 혐오가 형태를 갖춘 것.

밝고 유쾌한 세상의 발 밑에는
안타깝게도 흉측한 도깨비가 있다.

하지만 어쩌겠어.

그것은 필연.

흉측한 도깨비에게 기도하는 사람은
이제껏 단 한명도 없었다.

세상의 탄생 이래로 정말 단 한명도
없었다.

흉측한 사람들이야
무수히 태어났다 갔지만
그들조차 흉측한 도깨비에게
기도하지 않았는것을.

흉측한 도깨비는
외면이라는 말을 모른다.

누구와도 눈을 마주친 적이 없으니까
외면이라는 말을 모른다.

그래도 흉측한 도깨비는 여기에 있다.

언제나 여기에 있었다.

숨길 수 없는 공격성들로 만들어진 뿔,
단점을 찾는 시선들로 만들어진 눈,
내뱉는 모진 말들로 만들어진 송곳니,

오롯이,
순수한 미움으로 만들어진 몸뚱이,

어슬렁 어슬렁,
사람들이 다투는 곳에 서성이네.

어슬렁 어슬렁,
사람들이 죽이는 곳에서도 서성이네.

어슬렁 어슬렁,
사람들이 웃고있는 곳에서도 서성이네.

...어라?

상대의 마음 속에서,
그리고 자신의 마음 속에서
흉측한 도깨비의 악취를 맡았다.

악취를 맡는 순간
다투는 사람도 있었고,
악취가 나지 않는양
모른체 하는 사람도 있었다.

여러 상황속에서 그래도 단언 할 수 있는 껌은,

모두가 그 악취를
알고있다는 것.

흉측한 도깨비의 마음?

그것이 궁금했던 사람들이
이제까지는 없었으므로,
당신과 내가 처음으로 바라보아야 한다.

그가 슬픈지, 외로운지,
증오로 가득 차 있는지,
그가 사랑받고 싶은지, 미움받기 싫은지,
그가 스스로를 존중하는지, 견딜 수 없는지,
그가 자신의 영속되는 생애를 바라봄이
긍정적인지, 부정적인지,

혹은 아무 마음이 없는지,
이제는.

아!

바라보기에는 너무나도 괴로워라.
사랑하기에는 너무나도 해로워라.
곁에 두기에는 너무나도 불쾌해라.

외면하지 않는 편이 좋으련만.
안쓰러워라.

어쩌면 좋을까 흉측한 도깨비.

마치며,

우리는 늘 어떤 도깨비가 되고 싶다.

다른 사람들도 자꾸만 어떤 도깨비처럼 보인다.

도깨비들은 각각의 도깨비가 되기 위해
수많은 것을 포기했다.

우리가 지금의 우리가 되기 위해
수많은 것을 포기한 것처럼.

그런 멋없고, 초라하고, 쾨쾨한 이야기들.

읽어주셔서 감사합니다.

가끔 생각이 나거든,

다시 한번 들여다봐주세요.